우리들의 우산

한 국 대 표
명　　　시　　　선
1　　0　　0

김 종 해

우리들의 우산

시인생각

■ 시인의 말

자기 속의 독자를 살해하라

시인은 누구를 위해서 시를 쓰는가. 대부분의 시인들은 자신을 위해서 시를 쓴다고 말한다. 시인은 시를 쓰면서 즐거움과 고통, 자기 위안을 함께 받는다. 시의 가장 충실한 독자는 시인 자신이다.

시인이 쓴 시는 우선 자기 자신 속의 독자라는 벽을 극복해야 한다. 시인은 자기 자신이라는 한 사람의 독자를 극복했을 때 다중多衆 독자의 공감을 얻을 수 있다.

시인이 쏘아 올린 시가 시위를 떠나 하늘로 날아오를 때, 시인이 벼린 날카로운 언어는 이미 다중의 가슴 속을 파고드는 한 획의 전율이다.

감동적인 시의 탄생을 위해, 시인은 자기 자신 속의 독자를 여러 번 부정하고, 여러 번 살해해야 한다.

한 편의 시가 갖는 감동을 위해 시인은 언제나 자기 자신을 떠나야 한다.

2012년 여름

지봉池峯 김 종 해

시인의 말

1 새는 자기 길을 안다

2 그대 앞에 봄이 있다

3 사모곡

4 항해일지

5 **저녁밥상**

1

새는 자기 길을 안다

새는 자기 길을 안다

하늘에 길이 있다는 것을
새들이 먼저 안다
하늘에 길을 내며 날던 새는
길을 또한 지운다
새들이 하늘 높이 길을 내지 않는 것은
그 위에 별들이 가는 길이 있기 때문이다

텃새

하늘로 들어가는 길을 몰라
새는 언제나 나뭇가지에 내려와 앉는다
하늘로 들어가는 길을 몰라
하늘 바깥에서 노숙하는 텃새
저물녘 별들은 등불을 내거는데
세상을 등짐 지고 앉아 깃털을 터는
텃새 한 마리
눈 날리는 내 꿈길 위로
새 한 마리
기우뚱 날아간다

풀

사람들이 하는 일을 하지 않으려고
풀이 되어 엎드렸다
풀이 되니까
하늘은 하늘대로
바람은 바람대로
햇살은 햇살대로
내 몸속으로 들어와 풀이 되었다
나는 어젯밤 또 풀을 낳았다

고별

지상의 시간이 끝난 사람이
잠자러 가는 시각,
인간의 이름은 모두 따뜻하다
이 별을 떠나기 전에
내가 할 일은 오직 사랑밖에 없다

저녁은 짧아서 아름답다

사라져가는 것보다 아름다운 것은 없다
안녕히라고 인사하고 떠나는
저녁은 짧아서 아름답다
그가 돌아가는 하늘이
회중전등처럼 내 발밑을 비춘다
내가 밟고 있는 세상은
작아서 아름답다

가을길

한로 지난 바람이 홀로 희다
뒷모습을 보이며 사라지는 가을
서오릉 언덕 너머
희고 슬픈 것이 길 위에 가득하다
굴참나무에서 내려온 가을산도
모자를 털고 있다
안녕, 잘 있거라
길을 지우고 세상을 지우고 제 그림자를 지우며
혼자 가는 가을길

봄날, 화염병을 던졌다

산에 들에 번지는 불꽃
사월이 오면
누군가가 만들어 던지는 화염병 시위
누가 저 불길 좀 잡아다오
뒷짐 지고 서 있기가
괴로운 봄날

봄바람!

개같이 헐떡이며 달려오는 봄
새들은 깜짝 놀라 날아오르고
꽃들은 순전히 호기심 때문에
속치마 바람으로
반쯤 문을 열고 내다본다
그 가운데 숨은 여자
정숙한 여자
하얀 속살을 내보이는 목련꽃 한 송이
탓할 수 없는 것은 봄뿐이 아니다
봄밤의 뜨거운 피가
천지에 가득하다
손에 잡히는 대로 뜨뜻해지는
개 같은 봄날!

아버지를 그리며

아버지가 아침을 주셨으므로 내 가진 그릇들에 아침이 가득 찬다. 아버지가 주신 시각들이 내 손목시계에 날마다 감겼다 풀린다. 하늘을 주시고 세상을 주시고 친구를 주시고 길 걷는 법을 일러주셨으므로 내 가진 세간살이의 하루가 부족함이 없다. 슬픔을 얻지 못하면 어찌 기쁨을 깨칠 수 있으며, 불행을 거치지 않으면 어찌 행복을 은혜로 여길 수 있는가를 아버지가 주신 집에서 깨친다. 창문을 열어보지 않아도 나는 안다. 개나리 같은 것들, 진달래 같은 것들, 라일락, 산당화, 찔레꽃 같은 것들이 무더기로 내 뜨락에 와서 떠들썩한 것으로 보아 아버지가 봄을 또 보내 주신 것을 나는 안다. 그러나 아버지, 가르쳐 주소서. 외로움은 어디로부터 오며, 우리의 마지막 절벽은 어디에 있는지를!

안개 낀 금광호수

안성 장석주 시인 집에서 밤을 새우고 창문 바깥에서 밤새도록 밭은기침을 하고 있는 금광호수가 궁금해서 이른 새벽에 나가봤더니 호수는 흰 타월로 눈을 가리고 있었다. 볼일이 급해 큰길가 언덕 위 콩밭에 들어가 앉은 채로 걸음을 옮기며 굵은 똥을 누었는데, 억센 콩잎을 따다가 뒤를 닦았는데, 과연 금광호수가 흰 타월로 눈을 가리고 있는 이유를 알만했다. 아마도 지난밤엔 이 콩밭에 하느님이 볼일 보고 가셨나보다.

2

그대 앞에 봄이 있다

녹차를 마시며

그대여
눈빛보다 먼저 입술로 오는구나
눈 오는 날 밤이 아니더라도
그대 연록의 잠옷을 입고
뜨겁게 뜨겁게 나를 깨우는구나
봄밤의 푸른 달빛으로 감기는
우리들의 은밀한 접합
알 수 없어라
두 손으로 감싸 쥔 잔 속에
그리운 이의 몇 모금 향기이듯
그대여
오늘 밤 내 잔 속에
뜨거운 몇 잎의 몸을
풀어놓고 가시려는가

우리들의 우산

비를 가리기 위해 우산을 펴면
빗방울 같은 서정시 같은 우산 속으로
바람이 불고
하늘은 우리들 우산 안에 들어와 있다
잠시 접혀 있는 우리들의 사랑 같은
우산을 펴면
우산 안에서 우리는 서로 젖지 않기
외로움으로부터 슬픔으로부터 서로 젖지 않기
물결 위로 혹은 꿈 위로 얕게 튀어오르는
빗방울 같은 우리 시대의 사랑법 같은
우산을 받쳐 들고
비 오는 날 우산 안에서
서로를 향해 달려가기
비는 내려서 우리의 마음속으로 스며들어
지하수로 흘러가지만
정작 젖는 것은 우리들의 여린 마음이다
우산 하나로 이 빗속에서 무엇을 가리랴
비를 가리기 위해 우산을 펴면
물방울 같은 서정시 같은 우산 속으로
바람이 불고

하늘은 우산만큼 작아져서 정답다
아직 우리에게 사랑이 남아 있는 한
한 번도 꺼내 쓰지 않은
하늘 같은 우산 하나
누구에게나 있다

바람 부는 날

　사랑하지 않는 일보다 사랑하는 일이 더욱 괴로운 날, 나는 지하철을 타고 당신에게로 갑니다. 날마다 가고 또 갑니다. 어둠뿐인 외줄기 지하통로로 손전등을 비추며 나는 당신에게로 갑니다. 밀감보다 더 작은 불빛 하나 갖고서 당신을 향해 갑니다. 가서는 오지 않아도 좋을 일방통행의 외길, 당신을 향해서만 가고 있는 지하철을 타고 아무도 내리지 않는 숨은 역으로 작은 불빛 비추며 나는 갑니다.
　가랑잎이라도 떨어져서 마음마저 더욱 여린 날, 사랑하는 일보다 사랑하지 않는 일이 더욱 괴로운 날, 그래서 바람이 부는 날은 지하철을 타고 당신에게로 갑니다.

그대 앞에 봄이 있다

우리 살아가는 일 속에
파도치는 날 바람 부는 날이
어디 한두 번이랴
그런 날은 조용히 닻을 내리고
오늘 일을 잠시라도
낮은 곳에 묻어두어야 한다
우리 사랑하는 일 또한 그 같아서
파도치는 날 바람 부는 날은
높은 파도를 타지 않고
낮게 낮게 밀물져야 한다
사랑하는 이여
상처받지 않은 사랑이 어디 있으랴
추운 겨울 다 지내고
꽃필 차례가 바로 그대 앞에 있다

탄환

내가만약당신을조준하여날아간다면
날아가서당신의가장깊은곳에가닿는다면
가닿아서함께불덩이로흩어진다면
흩어져서한순간이영원으로치솟는다면
나는미련을갖지않으리
이승에남길나의소중한것들
내하늘의별과바람과
이승의온갖보석들을버리고
탄환이되리
내가만약당신을조준하여날아간다면
날아가서당신의가장소중한것에가닿는다면……

오늘도 외롭다

세상은 어두컴컴하고 비가 오는데
나 혼자서 비행기를 끌어내어
상공으로 올랐다
구름 위엔 아, 눈부신 햇살
세상은 어두컴컴하고 모두 비에 젖는데
나 혼자서 젖지 않았다
젖을 때 다 함께 젖을걸!
젖지 않아서
나는 오늘도 외롭다

어둠에 대하여

한밤에 난초잎이 맞이한 어둠이나
짐朕이 맞이한 어둠이 다르지 아니하나
오늘 밤 짐朕의 하늘엔 별이 뜨지 아니한다.
시녀들에 등燈을 들려
이승이 잘 보이는 난간에 나서 보면
사람 사는 세상의 길이 끊겨 있다.
집집마다 골짜기는 깊고,
문을 열면 아스라한 낭떠러지.
당인리가 보이는 마포 한끝에서
강이 흐르는 길을 근심한 적 없으나,
오늘처럼 이승이 잘 보이는 날엔
어둠이여,
차라리 두 손으로 짐朕의 눈을 가려다오.

인사동으로 가며

인사동에 눈이 올 것 같아서
궐闕 밖을 빠져나오는데
누군가 퍼다 버린 그리움 같은 눈발
외로움이 잠시 어깨 위에 얹힌다.
눈발을 털지 않은 채
저녁 등이 내걸리고
우모羽毛보다 부드럽게
하늘이 잠시 그 위에 걸터앉는다.
누군가 댕그랑거리는 풍경소리를
눈 속에 파묻는다.
궐闕 안에 켜켜이 쌓여 있는
내 생生의 그리움
오늘은 인사동에 퍼다 버린다.

가을에는 떠나리라

바람 부는 날 떠나리라
흰 갓모자를 쓰고 바삐 가는 가을
궐闕 안에서 나뭇잎은 눈처럼 흩날리고
누군가 폐문에 전 생애를 못질하고 있다
짐朕의 뜻에 따라
가야금 줄 사이로 빠져나온 바람은 차고
눈물이 맺혀 있다
떠나야 할 때를 알면서
짐朕이 이곳에 머뭇거리는 것은
아직 사랑할 일이 남아 있기 때문이다
아직 그리워할 일이 남아 있기 때문이다
흐르는 물이 가는 길을 탓하지 않으며
손금 사이로 흐르는 일생을 퍼담는다
슬픔이 있을 것 같은 날을 가려
이 가을에는 떠나리라

남기는 말씀

바람이 부는 것을 허락하였고
꽃이 피는 것을 막지 않았다
봄이 오는 것을 허락하였고
봄이 가는 것 또한 막지 않았으니
다툴 일 하나 없다
사는 일 이 같으니
짐의 마음 가뿐하다
잠시 머무는 땅
사랑할 일 너무 많다
천년 뒤 또 바람이 불고
꽃이 피거든
짐의 궁성에 사는 모든 이들
이같이 하라

인사동에게

먼저 온 사람들이 빌려 쓰고 있는 인사동을
오늘은 우리가 잠시 빌려 쓴다
골동품으로 오래 남기를 희망하지 않는
바람처럼
오늘은 우리가 잠시 인사동을 스친다
누님 손국수집 골목을 빠져나온
라일락 향기도 잠시 끼어든다
토담에서 한잔,
평화만들기에서 한잔,
이모집에서 한잔,
실내악, 이화, 탑골에서도 한잔
최루탄 때문에 눈물 흘리던
우리들의 사월도 가고 오월도 가고……
우리는 인사동을 잠시 빌린다
먼저 떠나간 사람은 다시 오지 않지만
인사동은 다음 사람을 위해
문을 닫지 않는다

인사동아, 우리가 무엇을 마셨는가,
우리가 비운 술잔에
다시 무엇이 채워지는가
묻지 말기 바란다

가을 문안

나는 당신이 어디가 아픈지 알고 있어요.
알고 있어요, 하지만 나는 말할 수 없습니다.
오오, 말할 수 없는 우리의 슬픔이
어둠 속에서 굳어져 별이 됩니다.
한밤에 떠 있는 우리의 별빛을 거두어
당신의 등잔으로 쓰셔요.
깊고 깊은 어둠 속에서만 가혹하게 빛나는 우리의 별빛
당신은 그 별빛을 거느리는 목자가
어디에 있는지 알고 있어요.
종루에 내린 별빛은 종을 이루고
종을 스친 별빛은 푸른 종소리가 됩니다.
풀숲에 가만히 내린 별빛은 풀잎이 되고
풀잎의 비애를 다 깨친 별빛은 풀꽃이 됩니다.
핍박받은 사람들의 이글거리는 불꽃이
하늘에 맺힌 별빛이 될 때까지
종소리여 풀꽃이여……
나는 당신이 어디가 아픈지 알고 있어요.
알고 있어요, 하지만 나는 말할 수 없습니다.

기다림

까무라치듯 외로운 날빛이
서창西窓에 걸리고
흉흉한 황사바람 몇 날 며칠 부는데
왜 아니 오시나요 왜 아니 오시나요
굳게 닫힌 하늘에
복사꽃은 또 한 번 하얗게 떨어지고
깊은 밤 별들은 새벽빛 수틀 위에 자수刺繡로 뜨이는데
왜 아니 오시나요 왜 아니 오시나요
청천벽력에라도 못 깨어날
깊은 잠이 드셨나요
극락왕생 별천지에 홀로 단꿈 꾸시나요
까무라치듯 캄캄하고 외로운 이날에
순정한 마음의 바늘 끝에 뜨이는
아픈 사연 감추옵고
이 마음에 맺혀 있는 철천지 원망을
사랑으로 불꽃으로 모두 오려서
당신 오신 날 밤
길 밝히는 연등으로 내걸리렸더니
왜 아니 오시나요 왜 아니 오시나요

3

사모곡

풀잎, 말하다

사람의 눈으로 세상을 보지 마라
죽었다고 생각되는 만물과 자연의 눈으로
세상을 보면
사람들은 가엾다
사람이 산다는 것
영원 앞에서는 허상虛像일 뿐
흙 속에 뿌리내린 한 포기 풀잎마저도
제 앉은 자리에서 속도를 지니고 있다
누구 하나 발견하지 못한 저 춤
별과 한몸이 되어 움직이는 것을
사람들은 모른다
죽었다고 생각되는 모든 것은
살아서 영원을 움직인다
풀잎 한 포기에 말 걸어보면
풀잎은 말한다
사람의 눈으로 세상을 보지 마라

옷에 대하여
― 자화상을 보며

아침에 어머니가 지어주신 옷
해 지기 전까지
입고 있었는데
으스름 저녁에 돌아와
일생의 옷을 벗으매,
내 안에 마지막 남은 것이
비로소 보인다
구름 한 벌, 바람 한 벌,
하느님 말씀 한 벌!

사모곡

이제 나의 별로 돌아가야 할 시각이
얼마 남아 있지 않다

지상에서 만난 사람 가운데
가장 아름다운 여인은
어머니라는 이름을 갖고 있다

나의 별로 돌아가기 전에
내가 마지막으로 부르고 싶은 이름
어·머·니

아직도 사람은 순수하다

죽을 때까지 사람은
땅을 제 것인 것처럼 사고팔지만
하늘을 사들이거나 팔려고 내놓지 않는다
하늘을 손대지 않는 사람들을 보면
사람들은 아직 순수하다
하늘에 깔려 있는 별들마저
사람들이 뒷거래하지 않는 걸 보면
이 세상 사람들은
아직도 순수하다

하늘을 날다

내가 가끔 기체를 끌어내어
하늘에 오르는 것은
내 사는 곳의 활주로를
벗어나고 싶기 때문이다
하늘을 비행하면서
조종석 창밖으로 스쳐 지나는
낯익은 구름
이미 지상을 스쳐 지났던 그 뜬구름을
또 보고 싶기 때문이다
내 사는 곳에 떨어져 내린 별들보다
더 아름다운 인간의 등불을
이 밤에 황홀하게 내려다보고
또 내려다보고 싶기 때문이다

흰 국화꽃 한 송이

이승의 경계에는 구름이 있다
만 미터 고도에서
하늘을 날아본 사람은 안다
발밑에 깔린 눈부신 목화밭
바람에 떠밀리는 대평원의 솜
재수 좋은 날은
신의 여인들이 와서 널어놓은
빨래도 볼 수 있다
눈부신 만년설을 산의 이마에다
얹어놓은 것도 볼 수 있지만
나는 지금 그것에 관심이 없다
이승의 경계를 가로질러
1억 광년 바깥으로 떠난 사람들
만 미터 고도에 올라와서
그 사람의 이름으로
흰 국화꽃 한 송이를 창밖으로 던진다

날개를 가진 적이 있다

날개를 가진 것은 반드시 추락한다
낙하하는 모든 것의 몸체에는 날개가 있다
일생 동안 날아오르는 꿈을 꿀 동안
추락하는 내 몸체엔 날개가 있었다
몸이 떠 있는 허공에서
몸이 가진 무게를 다 비우고
마지막 한 줄기 연기로 기화氣化할 때
나는 날개를 접고
우주로 낙하한다
다비茶毘 때 생生에서 소멸된 상처
나는 날개를 가진 적이 있다

동안거冬安居

한겨울의 석 달 동안은
세상의 허기를 채우기 위해
요리를 한다
눈을 감으면, 눈 밑에 잠든 숲과 평원,
채찍을 든 매운바람 속을 지나
눈덩이 속 이글루 안에 나 어느덧 혼자 있다
모자를 벗고 언 손을 녹인 뒤
얼음 도마 위에서 칼질하는 요리사
어젯밤 눈 속에 파묻어 둔
상형문자가 된 짐승의 내장
한 획, 한 줄의 온기를 적출하라
그러나 나는 먹지도 못하는 시를 쓰는구나
눈 덮인 한 장의 평원 위에
누구의 한 끼 보시도 못할 붓질을 하는구나
눈 감으면 하늘 위에 얼어붙은 야밤의 오로라
눈을 가리지 않았음에도
한겨울의 극지極地는 어둡고
허기진 깨달음은 언제나 외롭고 목이 마르다

길 위에서 문상

　나는 지금 한강의 흐름보다 더 느리게 강변북로를 주행 중이다. 한강은 제 몸을 풀어 유유자적 바다로 가지만, 길 속에 갇힌 나는 그러지 못한다. 좁혀진 차간 거리에서 붉은 제동등이 수시로 켜지는 서강대교에서 한남대교까지 흘러가며 나를 떠메고 가는 한강을 생각한다. 그 짧은 순간, 이상하다 정말 이상하다 차창 밖에서 멈춰 있던 한강이 처음으로 물소리를 내고 한강 철교 위로 수증기를 뿜는 기차가 낭만적인 기적소릴 울린다. 그보다 옆 차선에선 물처럼 흐르던 검정 리무진이 어깨를 맞춘다. 리무진 꽁무니에 조그맣게 걸린 근조謹弔 화환. 평생에 한 번 타볼까 말까 한 저 근사한 리무진 안에 호사스럽게 누워 있는 이는 누구일까. 사실 나는 이 정체구간에서 저 리무진을 본 순간, 세상의 시간을 놓아버렸다. 저 리무진 안에서 잠자듯 누워 있는 사람이 지금 가고 있는 곳, 한강을 거슬러 구리를 지나고 양평을 지나고 그리고 시간의 끝, 세상의 끝에 그 사람의 북망산이 있으리라. 가진 것 다 버리고, 북망산으로 가고 있는 저분의 영원한 시간. 나는 차창을 열고 심호흡을 해보았다. 갈기를 여민 나의 애마愛馬 오피러스도 내 마음을 아는 듯 길 위에서 문상問喪한다.

봄꿈을 꾸며

만약에 말이지요, 저의 임종 때,
사람 살아가는 세상의 열두 달 가운데
어느 달이 가장 마음에 들더냐
하느님께서 하문하신다면요,
저는 이월이요,
라고 서슴지 않고 말씀드릴 수 있습니다.
눈바람이 매운 이월이 끝나면,
바로 언덕 너머 꽃 피는 봄이 거기 있기 때문이지요.
네, 이월이요. 한 밤 두 밤 손꼽아 기다리던
꽃 피는 봄이 코앞에 와 있기 때문이지요.
살구꽃, 산수유, 복사꽃잎 눈부시게
눈처럼 바람에 날리는 봄날이
언덕 너머 있기 때문이지요.
한평생 살아온 세상의 봄꿈이 언덕 너머 있어
기다리는 동안
세상은 행복했었노라고요.

4

항해일지

무인도

퇴계로에서 을지로를 지나고 청계천으로 걸어가는 동안
중부시장 행상인들이 잡아당기는 밧줄,
오늘따라 무인도가 유달리 바다 위로 치솟아 보였다
눈마저 내리지 않는 외롭고 캄캄한 날
인파의 물살을 허우적이며
퇴계로에서 을지로로 노를 젓는 동안
내 돛대 위에 흐느끼던 깃발은
가만히 아래로 떨어져 내리고
무인도는 점점 커다랗게 떠올라와 있었다.
바다의 물살은 드높아지고
아무도없구나아무도없구나
어느덧 내 마음 무인도에 가 흐느끼노니
내가 밟는 빈 도시의 어둠, 서울의 어둠
무인도여 무인도여 살아 있는 것이라곤 아무 데도 없구나
눈마저 내리지 않는 외롭고 캄캄한 날
중부시장 행상인들이 잡아당기는 밧줄은
한없이 풀려나가고
퇴계로에서 을지로를 지나 청계천으로 노를 젓는 동안
꿈꾸듯 깜박이는 내 배의 등불에
오늘은 무인도가 커다랗게 커다랗게
걸려들어 퍼덕이누나

항해일지 · 1
― 무인도를 위하여

을지로에서 노를 젓다가 잠시 멈추다.
사라져 가는 것, 떨어져 가는 것, 시들어 가는 것들의 흘러내림
그것들의 부음訃音 위에 떠서 노질을 하다.
아아, 부질없구나
그물을 던지고 낚시질하여 날것을 익혀 먹는 일
오늘은 갑판 위에 나와 크게 느끼다.
오늘 하루 집어등集魚燈을 끄고 남몰래 눈물짓다.
손이 부르트도록 날마다 을지로에서 노를 젓고 저음이여
수부의 청춘을 다 바쳐 찾고자 하는 것
삭풍 아래 떨면서 잠시 청계천 쪽에 정박하다.
헛되고 헛되도다, 무인도여
한 잔의 술잔 속에서도 얼비치는 저 무인도를
누구에게도 보이지 않다.
그러나 눈보라 날리는 엄동嚴冬 속에서도 나의 배는 가야 한다.
눈을 감고서도 선명히 떠오르는 저 별빛을 향하여
나는 노질을 계속해야 한다.

항해일지 · 3
— 시일야방성대곡是日也放聲大哭

아무리 노질을 해도 이 도시 바깥으로 빠져나갈 수는 없
구나.
물길은 사납고 며칠째 비가 오고 있다.
오늘은 노예선을 보았다.
약 5천만 톤의 선적船積 위에 그들의 고뇌와 슬픔이 못질
되어 있었다.
여보, 이 배는 어디로 가지요.
황량한 을지로의 물목에서 손을 흔들었지만
아무도 대답하지 않았다.
저희 배를 갖지 못한 자의 노질을 바라보다가
선창船窓을 닫았다.
어제 삼각지의 비 오는 해협에서 침몰했던
한 불행한 남자의 난파 때문에
깊게 방수되어 있는 나의 조타실이 침수되었다.
그럼에도 불구하고
오늘은 선창을 굳게굳게 닫아걸고
시일야방성대곡是日也放聲大哭을 핑계 삼아 읽다.
비안개 속에서 어디선가 슬픈 무적 소리
길게 두 번 울리다.

항해일지 · 11
― 잠수부 학재

잠수부 학재의 어머니는 점쟁이었다
그녀는 대를 흔들고 칼을 던져 점을 쳤는데
아들이 자라서 잠수부가 되리라고는 점치지 못했다
잠수부 학재가 물굽이를 넘나들며
해저에서 캐어 올리는 것은 진주조개가 아니다
시퍼렇게 불어터진 난파선의 혼령이었다
그 시체들을 하나씩 거머잡고 건져 올릴 때마다
바다는 휘파람새의 깃털을 길게 날렸다
종로 3가의 포장술집에서
휘파람새의 휘파람소리 같은 술잔을 들이켜며
오늘 내가 잠수부 학재를 떠올리는 것은
그가 이 도시의 어느 수면에서 자맥질하며
침몰해 가는 우리 시대의 난파선을, 그 주검들을
그의 검고 억센 주먹으로 거머잡으러 오지 않나
두려워해서다

항해일지 · 18
— 아구탕집에서

아구란놈에대해이야기하고자한다. 아구란놈이해저海底에서입을벌리고물길을가고있을때는오징어·전광어·갈치·고등어·가오리·게따위가통째로들어와뱃속에쌓인다. 힘없고왜소한것들이눈을뜬채삶의본전까지아구의뱃속에상납해버린다. 철벽위장을가진바다의날강도아구란놈이빠르게물길을가고있을때, 불쌍한것들아무력한것들아가급적밑바닥에더욱머릴처박고소리내지말라.

나는확신한다. 바다의날강도아구란놈이반드시이도시의어느곳에몇백마리, 몇천마리가눈빛날카롭게빛내며서식하고있는것을, 이도시의가장기름진물목에서음흉하게덫을놓아두고있는것을.

허전한 저녁나절,
종로에서 입을 벌리고
앞으로 앞으로 물길을 나아가면
아아, 내 뱃속에 와 쌓이는 것들.
몇 잔의 소주와 몇 잔의 비애
그리고 또 몇 잔의 적개심.
종삼鍾三 아구탕집의 아구찜을 어금니로 물어뜯고 뜯으며
씹고 또 씹을 뿐이다.

항해일지 · 22
― 구짱의 하모니카

　우리들의대장만출이가청산가리를먹고멀고먼곳으로사라진얼마뒤, 연초밀조업자복상의아들은우리집나무판자울타리에와서하모니카를신나게불었다. 그날밤그녀석도만출이의사주를받고이지상을몰래떴다. 우리집마룻장밑에숨겨팔던밀주가단속반원에게들켰을때제일신나는놈은그녀석구짱이었다. 밀주단속반원의양복자락에매달려울던젊은어머니가밀주항아리들을하나하나곡괭이로깨뜨려부쉈을때쏟아지던허연밀주는우리어머니의가슴에감춘젖이었다. 한이었다. 나는그때어머니의젖을두되가량마시고언덕위옥수수밭속에숨어서목놓아울었다. 우리들의뿌리초장동비알도그때어머니의젖을마시고두달동안술에취하여비틀거렸고, 달밝은밤에는죽은구짱까지와서하모니카를신나게불어제꼈다.

　사람들의말과자유마저얼어붙은바다, 부르튼내손이이겨울도시사이로노를젓고가면서 (세종로에서밧줄이풀어져잠시닻을내리고그날의어머니젖같은낮술을마셨음.) 문득나는구짱네놈의하모니카를한번불고싶었다. 봄이언제다시올지도모를이겨울도시에무슨일이있어서라기보다……

항해일지 · 23
― 공구의 날개

우리들의대장만출이가스스로저희삶과바다를반납한것(좋게해석해서)이라고가정한다면, 공구는정말달랐다.

공구는정말달랐다. 그녀석은이른봄에제일먼저피는할미꽃이고, 이른봄에천사에게서제일먼저날개를받아날아다니는찔찌리새였다. 청승맞게새의울음소리를잘내는공구의겨드랑이에는언제나날개가두장달려있다.

녀석이날개를퍼덕이며날아다닐때우리들은하늘속이거나별속에떠있었다. 위험해위험해, 초장동사람들은우리들이떠있는것이위험하다고항상공구의날갯죽지부터묶어놓았다. 우리들이숲속에서잡은찔찌리새를갖고놀다가새가죽자공구는울었다. 이른봄바다가보이는언덕에서새의장례식을올리며공구는한마리찔찌리새가되어울었다. 어른들에게날개를뺏긴공구는결코날지않았지만그대신한마리새가되어울었다. 며칠뒤공구가죽고우리들의머리위로처음보는커다란날개를퍼덕이며공구가날아올랐을때, 우리들은저마다함께날아오르려고버둥거렸지만모두땅으로떨어졌다. 그새는먼별속으로날아갔다.

별을보며인사동에정박하다. 새벽두시, 수부들은부질없이날아오르기를다투며술을마시다. 공구가가진날개를빌지않고나는착실하게나의노만저으리라. 노를젓고저어서저별에닿으리라.

나도 한 그루 이깔나무로 서서

삼지연에서 백두산 가는 길은
가도가도 황톳길
칠월의 뙤약볕 아래
말 한마디 하지 않고 서서
바람이 불어도 미동조차 하지 않는
이깔나무숲 속에서
나도 한 그루 이깔나무로 서서
조선 인민들이 걸어온 황톳길을 역주행한다
서로가 서로를 가리기 때문에
이깔나무숲 속은 어둡다
어둠은 행복하다
보이지 마라, 네 참모습을
황토 흙먼지 뒤집어쓴 채
백두밀영으로 행군하는
이깔나무숲의 이깔나무들
조선 인민들이 모두 행복하다 말하는 까닭을
나는 안다
삶의 길은 단 하나
안위를 묻기 전에 먼저 경배하라
저 높은 곳의 정일봉*을 향해!

*) 김일성의 항일유격지로 북측에서 선전하는 백두 밀영. 김
   정일이 이곳에서 태어났다고 홍보한다. 백두산 한 봉우리
   거대한 암벽을 파고 '정일봉'이라 새겨놓았다.

북조선 주마간산
— 400만 화소 디지털카메라

나는 디지털 카메라를 믿는다
살아생전 필생의 꿈
평양에 내리자마자 순안비행장을 찍었다
창광거리를 찍었고, 숙소 고려호텔도 찍었다
백두산 가는 길,
량강도의 삼지연읍,
이깔나무숲도 찍고, 베개봉,
비 오는 백두밀영, 정일봉도 찍었다
백두산의 장엄한 일출
세찬 바람도 찍고
떨고 있는 천지도 찍었다
피사체가 드러내지 않는 감정
나는 누르기만 했다
평안북도 안주, 녕변(약산의 진달래꽃)
묘향산 보현사에서 청천강 지나 평양으로 오면서
나는 왜 모국어를 절제하고 있는가
피사체 따라 드러내지 않는 감정
서울로 돌아온 두 달 뒤
실어증을 벗기고
비로소 카메라를 열었다
오오, 끔찍한 디지털 카메라!
그 속에는 어둠만 찍혀 있었다

화주火酒를 마시며

중국에서 북조선으로 떠나는 국제열차는
압록강을 넘어간다
북조선 산하와 마주 보는 압록강 가
중국 길림성 집안시에 있는
고구려의 황성 옛터에 와서
우리가 하는 일은
조선민족학교 교실 바닥에 앉아서
'황성 옛터에 밤이 깊어' 술 마시는 일뿐이었다
조선민족학교의 당서기는 여걸女傑이었고
글라스 가득 73°의 화주火酒를 원샷으로 마셨다
빼앗긴 고대古代, 잃어버린 영토를 잊기 위해서는
홧김에 마시는 한 잔 술이 약이 된다
그날 밤 고구려 환인산성 너머로
누군가 올린 횃불이 밤새 활활 타올랐다
그 밤에 당서기는
끝내 모습을 보이지 않았다

국내성國內城 일박

중국 심양 · 집안集安에서 보낸 나흘간의 가을
서울로 돌아온 그날 밤
내가 끌고 다니던 여행용 가방에선
밤새도록 압록강 물소리가 들렸다
압록강 물 건너
북조선의 안개도 불 꺼진 적막도
이 밤에 강을 건너와
나의 잠을 검색하였다
밤새도록 고구려의 바윗돌로 산성山城을 쌓고 있었다
말갈기 휘날리며 시위를 당겨라
잃어버린 땅 고구려 대평원을,
압록강 상류를 밤새도록 달렸는데
아침에 눈을 뜨니
광개토대왕의 시녀들이 비슬나무로 서 있는
국내성 북장北墻 안이었다

아직도 사진을 찍고 있다

백두산 여행을 끝내고
누군가 찍어 보내준 사진 속에
죽은 사람들의 얼굴만 인화되어 있었다
북경 거쳐 두만강, 연길 거쳐 백두산
살아 있는 사람은
제 발로 모두 세상 밖으로 걸어나가고
길림성 연길에 남아
우리는 아직도 사진을 찍고 있었다
조태일, 이문구, 손춘익, 임영조
친구의 등 뒤에는 장백산맥이 업혀 있었다
팔가자八家子 임업국의
기차 소리가 멀리 들려오고 있었다

5

저녁밥상

봄날

'관에 간다' 부둣가로 일하러 가시는 아버지
해 뜨기 전 어머니는 충무동 시장
나는 뒷산에 올라 참꽃을 뜯어 먹는다
아이들과 봄꽃잎을 뜯어먹는다
소막골, 돼지막골 위에 오방골,
허기진 골짜기 위에 노오란 천마산,
흐르는 물을 두 손으로 마시면 배가 부르다
할미꽃 꺾어 꽃다발 엮으면
할머니 모습 보인다
먼바다 수평선 너머
아련히 보이는 대마도
눈썹 끝에 맺힌 섬은 슬프기만 하다

별똥별

공구가 죽은 얼마 뒤
청산가리를 먹고 구짱이 죽고
우리들의 대장 만출이 녀석도
세상을 떴다
우리는 그 녀석들이 사라진 하늘에
방패연을 띄웠다
천마산은 곤충들을 보내어
우리를 위로하였으나
초또패의 잔당인 우리는
풀이 죽었고
곡정패는 더 이상 공격해 오지 않았다
유난히 달 밝은 날 밤에는
구짱의 하모니카 소리가
대나무숲에서 우리를 불렀고
그런 날 밤이면
나는 똥을 누고 싶었다
가위에 눌린 채 어머니를 깨우고
옥수수밭에 쪼그리고 앉으면
녀석들은 별똥별로 나타나
긴 옥수수 잎사귀로 내 등을 찔렀다

똥은 나오지 않고
앉은 채로 걸음을 옮기면
녀석들은 또 별똥별로 따라왔다가
멀리 구덕산 쪽으로 차르르 흘렀다

부산에서

어머니는 앞에 서고
나는 뒤에서 리어카를 밀었다
가을은 한 마리 새처럼 멀리 날아가고
겨울이 가랑잎처럼 발밑에서 굴렀다
우리 시대의 희망, 우리 시대의 행복
누가 별이라도 되어 떠오르는 날
나는 어머니가 피운 빨간 숯불 위에
숯을 더 얹었다
아직은 새벽이며
아직은 그리움이 남아 있는 날
막벌이꾼들이 날아와
잠시 깃을 치는 부둣가에서
어머니는 술국을 끓이고
나는 먼바다 위로 떨어지는
새벽 별똥을 주웠다
유리창도 없는 난장에서
어머니는 앞에 서고
나는 뒤에서 리어카를 밀었다

가족

천마산 눈썹 아래
초장동 산비탈이 있고
천마산 코딱지 같은 우리집이 있고
충무동 푸른 바다가 있고
새벽별을 보며 생선도가로 내려가는
이모집이 있고
바람이 불지 않아도 소리치는
외삼촌집이 있다
이른 새벽부터 우리집에 와서
해장술에 취한 천마산은
어머니에게 술국을 더 달라 한다
아버지와 형은 말없이
절구에 떡을 치고
누나와 나는 맷돌을 돌린다
콩나물시루에 물 주는 아우가
손을 놓을 때쯤
누더기 같은 우리의 희망이
빨랫줄에 펄럭일 때쯤
천마산은 바람과 안개를 거느리고
넌지시 산을 오른다

어머니와 설날

우리의 설날은 어머니가 빚어 주셨다
밤새도록 자지 않고
눈 오는 소리를 흰떡으로 빚으시는
어머니 곁에서
나는 애기까치가 되어 날아올랐다
빨간 화롯불 가에서
내 꿈은 달아오르고
밖에선 그해의 가장 아름다운 눈이 내렸다
매화꽃잎이 눈 속에서 날리는
어머니의 나라
어머니가 이고 오신 하늘 한 자락에
누이는 동백꽃 수를 놓았다
섣달 그믐날 어머니의 도마 위에
산은 내려와서 산나물로 엎드리고
바다는 올라와서 비늘을 털었다
어머니가 밤새도록 빚어놓은
새해 아침 하늘 위에
내가 날린 방패연이 날아오르고
어머니는 햇살로
내 연실을 끌어올려 주셨다

흰 찔레꽃

갈현동 선정학교 언덕 아래
우리집은 찔레덩굴집
새벽이면 하늘에서 별들이 내려와
찔레덩굴에 얹혀 있다
서오릉 언덕 넘는 길에
죽은 장희빈도 보았으리라
밤새도록 하늘에서 내려와
찔레덩굴에 얹힌 흰 꽃
몸은 낮추었으나 뜻은 하늘로 오르는구나
상심하지 마라, 딸아,
네 가야금산조에
꿀벌들은 날아와 꽃가루를 털고
보이지 않던 여왕마저
흰 드레스로 입궐하신다
숲으로 잘못 떨어진 유성도
독한 향기로 먼 길 찾아오는
흰 찔레꽃!

저녁밥상

스승 목월 내외분이 우리집에 오셨다
상계동 저녁 어스름이 하늘에 깔리고
그 밑에서 불암산이 발을 씻고 있었다
목월은 지팡이로 불암산을 가리키며
그놈 참 자하산 같구나
저녁밥상 위에는 어머니가 손수 기른
닭 한 마리 올라와 있다
아내와 아이들은 자하산을 모르지만
어머니 입가에 감도는 대웅전 같은 미소
북쪽 창에는 수락산이 고개를 들이밀고
우리집 저녁밥상을 훔쳐보고 있다

뻬쩨르부르그 가는 길

모스크바에서 뻬쩨르부르그로 가는 밤열차를 타면 차창에 눈발처럼 달라붙는 흰 자작나무숲을 볼 수 있다. 사회주의의 불빛마저 숨어버린 이 평원을 달리며, 까닭 없이 아랫도리를 희끗희끗 드러내는 자작나무숲을 보면, 쏘냐, 느닷없이 차창에 네 얼굴이 겹쳐지고, 나는 오늘 밤 러시아의 어둠과 눈발 속에 잠을 설친다. 궁핍한 시대의 목마름과 좌절을 자기 것으로 가졌던 라스꼴리니꼬프도 그랬을까. 눈 오는 언 하늘을 채찍으로 가르며 뻬쩨르부르그로 가는 길, 치마를 벗어버린 내 누이들이 등 뒤에서 붙들매, 아, 나는 한 치 앞으로도 나아가지 못한다.

면회

수감되어 있는 너를 만나려고
아들아 네가 갇힌 쇠창살 바깥쪽에
나는 서 있다
역할이 바뀐 우리들의 시대
네가 가진 진보와 혁신이 아직 서툴고
뿌오얀 최루탄 연기 속에 연행된
네 청춘의 봄을
나는 탓할 수 없다
탓할 수 없는 것은 너뿐만은 아니다
아들아 이 봄날 나도 외치고 싶구나
살아가는 일 모두가 쇠창살이 되어
나를 갇히게 하는 이 봄날
또 다른 감방 하나가 내 안에서
육중한 문에 자물쇠를 채우는구나.

나는 그것을 알고 싶다

이틀째 철야농성을 하고 돌아온 아들과
아침 식탁을 마주하고 앉은 봄날
나는 우리집 위로 바다가 지나가는 것을 보았다
나는 섬 속에 속절없이 또 혼자 갇힌다
우리를 홀로 있게 하는 바다는 어디에도 있다
아들은 아들대로 딸은 딸대로 각자의 무인도가 있다
숟가락 끝으로 튀어오르는 햇살을 퍼담으며
이건 보수반동의 목소리가 아냐
젊은 아들과 대치 중인 삐꺼덕거림의 시대
내가 멱살을 잡은 것은
아들이 아니라 이 시대의 삶이다
한 숟갈의 따뜻한 사랑이 그리운 시대
우리 살아가는 일의 높은 것은 무엇이며
낮은 것은 무엇인가
사람 사는 법은 어떠하며
무엇이 우리를 가득 채우는가
몇 날 며칠 째라도 좋다
철야농성을 하며 단식을 하며
나는 그것을 알고 싶다

1941년 부산시 서구 초장동에서 아버지 김재덕金載德님과
어머니 최이쁜崔入粉님 사이의 3남 1녀 중 둘째아들
로 태어나다. 아우 김종철金鍾鐵 시인은 셋째아들.

1957년 부산 남중학교를 졸업하고 점원, 철공소 일을 하다
가 한때 500톤급 여객선을 타고 선원생활을 하다.

1960년 부산 해동고등학교를 졸업하고 국학대학 국문학과
의 문예장학생 대우(전국 남녀고교생 문예콩클 당
선)를 받았으나 서울 체재비가 없어 포기.

1963년 <자유문학>지 신인상에 시 「저녁」 당선으로 문단
에 데뷔(필명 : 南宮海). 2월, 상경하다. 신동한·백
승철·주성윤 등과 시와 시론 <신년대> 창간 동인
(1집~5집)으로 활동.

1964년 부산대 국문과 출신의 박영자와 7년 열애 끝에 동
거생활.

1965년 <경향신문>신춘문예에 시 「내란」 당선으로 박목
월·조지훈 두 분의 재평가를 받다. 장남 김요일 태
어남.

1966년 첫시집 『인간의 악기樂器』를 간행하다. <현대시> 동
인으로 가입하여 김영태·정진규·이수익·이승훈
·이건청·박의상·오탁번 등과 활동(12집~26집).

1967년 차남 김요안 태어남.

1968년 학원 강사생활을 접고 정음사 편집부에 재직.

1971년 한국시인협회 총무간사 및 외솔회 발행 인물연구지 <나라사랑> 편집자 역임.
제2시집 『신의 열쇠』 간행하다. 대통령 선거 '문학 인선거참관단'으로 박용숙 · 권일송 · 신상웅 · 홍기삼 등과 참여, 이때부터 '요주의 인물'로 중부경찰서 정보형사의 담당 사찰을 받음. 박목월 선생 주례로 서울 다동 호수그릴에서 동거 중인 박영자와 결혼식을 올림.

1973년 월간 시전문지 <심상>(발행인 : 박목월)의 창간 실무 스탭으로 참여, 김광림 · 이건청과 함께 일하다. 장녀 김봄비 태어남.

1974년 자유실천문인협의회의 창립 발기위원. 조작된 '문인간첩단사건'으로 남산 중앙정보부에 끌려가 문초 받음.

1977년 <여원>사 편집위원 및 문학예술사 창립주간 역임. 고려 시대의 노비해방 기수 만적의 일대기를 그린 장편서사시 「천노, 일어서다」를 발표.

1978년 한국시인협회 사무국장 역임.

1979년 제3시집 『왜 아니 오시나요』를 간행. 문학세계사 창립 대표(현재).
극단 민예극장(대표 · 허규)과 문학세계사 공동주최로 「현대시를 위한 실험무대」 시극운동을 김후란 · 정진규 · 이근배 · 허영자 · 이탄 · 강우식 · 이건청과 3년간 함께 벌임.

1981년 정부의 문인 해외파견 연수단에 뽑혀 작가 송영・한수산・박범신, 문학평론가 정규웅, 아동문학가 임신행 등과 함께 프랑스, 쿠웨이트, 인도 등지를 시찰.

1982년 장편서사시 『천노賤奴, 일어서다』를 간행하다.

1983년 『천노, 일어서다』로 제28회 현대문학상 수상.

1984년 연작시집 『항해일지』를 간행하다. 구상・김광림・이형기 등의 시인들과 함께 일본 동경에서 열린 아시아 시인회의에 참석.

1985년 시집 『항해일지』로 한국문학작가상 수상.

1986년 대한출판문화협회 이사, 국제펜클럽 한국본부 이사 역임.

1987년 경향신문 신춘문예 출신 문인들로 구성된 경향문학인회 회장 역임.

1990년 시집 『바람부는 날은 지하철을 타고』를 간행.

1991년 시선집 『무인도를 위하여』를 간행. 터키 이스탄불에서 개최된 세계시인대회에 조병화, 감태준 시인 등과 참가.

1992년 유공출판인 표창(문공부장관) 받음. 한국소설가협회 소속 작가들 및 영화감독 유현목 등과 함께 러시아의 모스크바, 뻬쩨르부르그 등지를 다녀옴.

1993년 8월, 작가 이호철・이문구・홍상화, 평론가 김윤식

· 염무웅, 시인 신경림·이근배·조태일·임영조 등과 중국 북경, 연길, 도문, 백두산 등지를 다녀옴.

1994년 시집 『별똥별』을 간행.

1995년 시집 『별똥별』로 〈한국시협상〉 수상. 민주평통문화예술분과 상임위원 간사 피임.
멕시코 주정부 초청으로 정진규, 오세영, 조창환, 조정권(시인) 등과 김봄비(국악)와 함께 과달라하라, 멕시코시티 등지에서 양국 문화교류 행사를 가짐.

1997년 〈대우그룹의 세계 경영〉 문인시찰단 일원으로 참가, 베트남, 인도, 우즈베키스탄, 영국, 룩셈부르크, 체코, 폴란드, 루마니아, 헝가리, 프랑스 등 세계 각국을 돌며 「신新 실크로드의 음식기행」을 쓰다.

1998년 미국 LA 지역 한국 교민을 위한 시문학 강연 및 시낭송을 위해 김남조, 정진규, 이근배, 유안진과 함께 초청시인으로 참가.

2000년 한국시인협회 심의위원 역임.

2001년 시집 『풀』을 간행.

2002년 시집 『풀』로 제10회 공초문학상 수상. 한국시인협회 심의위원장 역임.
계간시지 〈시인세계〉 가을 창간호를 펴냄. 편집위원 김종해·장석주·정끝별, 편집인 김요안.

2003년 문학세계사 자회사이며 아동도서 전문출판사 〈아이들판> 창립. 발행인은 김요일.

2004년 제34대 한국시인협회 회장 추대.
<한국현대시 100년 기념 시인축제> 행사로 시인 2
50명과 함께 부산↔서울간 특별열차 고속철 KTX
안에서 시낭송 행사 집행. 『시인들이 좋아하는 애
송명시』를 간행하여 1,000명의 승객들에게 헌증.

2005년 4월, 일본의 독도 자국 영토 주장을 통박하기 위한
국토 지키기 <독도 시낭송 예술제> 행사를 시인 1
50명과 함께 3박 4일간 집행. 한국시인협회의 『내
사랑 독도』 간행.
5월, 김종해 · 김종철 형제시집 『어머니, 우리 어머
니』 간행.
7월, 남북작가회의 참석. 평양, 백두산, 묘향산 등
지를 다녀옴.
11월, 이수익 · 이가림 · 김종철 · 신달자 · 장석주 등
한글세대 시인들의 일역판 시집 『오늘의 시, 한국
시 21인집』을 간행. 일본 동경에서 열린 아시아시
인회의에 한국 대표로 다녀옴.

2006년 1월, 미국 버클리대학 초청 'Speak Pacific' 한국 ·
미국 대표시인 시낭송 행사에 신경림 · 오세영 · 문
정희 · 김승희와 함께 한국 초청시인으로 참석. 미
국 측 시인대표로 계관시인 로버트 하스, 잭 로고
우, 브렌다 힐먼 등 6명의 시인이 참석함.

2008년 전통 한지에 납활자로 인쇄한 '출판도시 활판공방' 의 특장본 시집의 하나로 100편의 시를 묶은 시선 집 『누구에게나 봄날은 온다』를 간행.

2009년 문학세계사 창립 30주년이 됨. 그간 간행된 시집, 창작집, 평론, 에세이, 아동도서 및 예술·철학 관련도서와 정기간행물 <시인세계> 등 1천여 권의 서적을 간행. 5월, 세종문화회관에서 창립 30주년 기념행사.
10월, 문화·예술 발전에 기여한 공로로 '대한민국 문화훈장' 수훈.

2010년 시집 『봄꿈을 꾸며』를 간행. 『봄꿈을 꾸며』로 한국 PEN 문학상 수상.

2012년 현재, 문학세계사 대표.<시인세계>(창간 10주년) 발행인. 한국시인협회 평의원.

〖한국대표명시선100〗을 펴내며

한국 현대시 100년의 금자탑은 장엄하다. 오랜 역사와 더불어 꽃피워온 얼·말·글의 새벽을 열었고 외세의 침략으로 역경과 수난 속에서도 모국어의 활화산은 더욱 불길을 뿜어 세계문학 속에 한국시의 참모습을 드러내게 되었다.

이 나라는 글의 나라였고 이 겨레는 시의 겨레였다. 글로 사직을 지키고 시로 살림하며 노래로 산과 물을 감싸왔다. 오늘 높아져 가는 겨레의 위상과 자존의 바탕에도 모국어의 위대한 용암이 들끓고 있음이다.

이제 우리는 이 땅의 시인들이 척박한 시대를 피땀으로 경작해온 풍성한 시의 수확을 먼 미래의 자손들에게까지 누리고 살 양식으로 공급하는 곳간을 여는 일에 나서야 할 때임을 깨닫고 서두르는 것이다.

일찍이 만해는「님의 침묵」으로 빼앗긴 나라를 되찾고 잃어가는 민족정신을 일으켜 세우는 밑거름으로 삼았으며 그 기름의 뜻은 높은 뫼로 솟아오르고 너른 바다로 뻗어나가고 있다.

만해가 시를 최초로 활자화한 것은 옥중시「무궁화를 심고자」(〈개벽〉 27호 1922.9)였다. 만해사상실천선양회는 그 아흔 돌을 맞아 만해의 시정신을 기리는 일의 하나로 '한국대표명시선100'을 펴내게 된 것이다.

이로써 시인들은 더욱 붓을 가다듬어 후세에 길이 남을 명편들을 낳는 일에 나서게 될 것이고, 이 겨레는 이 크나큰 모국어의 축복을 길이 가슴에 새겨나갈 것이다.

만해사상실천선양회

한국대표명시선100 | 김 종 해

우리들의 우산

1판1쇄 인쇄	2012년 10월 11일
1판2쇄 발행	2013년 10월 25일

지 은 이	김 종 해
뽑 은 이	만해사상실천선양회
펴 낸 이	이 창 섭
펴 낸 곳	시인생각
등 록	제2012-000007호(2012.7.6)
주 소	경기도 양평군 옥천면 고읍로 164
	㉾476-832
전 화	(031)955-4961
팩 스	(031)955-4960
홈 페 이 지	http://www.dhmunhak.com
이 메 일	lkb4000@hanmail.net

값 6,000원